KB092014

아버지의 손목시계

주선옥 시집

봉사하면서 행복한 마음으로
시를 짓는다는 주선옥 시인

주선옥 시인의 첫 시집 "아버지의 손목시계"가 주는 의미는 회상과 현재의 나 열정과 정열 그리고 봉사라는 단어를 독자에게 전하려 한다. "아아 나는 잠들었는가, 깨어 있는가? 누구, 내가 누구인지 말할 수 있는 자가 없느냐?" 윌리엄 셰익스피어가 섰던 글이다. 사람과 사람 사이에서 서로를 도우며 배려하는 마음 그 속에서 나 자신이 깨어있다는 것을 찾는 시인, 그래서 사람이 살아가면서 가져야 할 덕망과 본질을 詩문학 작품으로 풍부한 감수성과 창의력으로 엮어 독자와 함께하며, 詩는 "詩"다워야 하고 "詩"는 "詩"여야만 한다는 것을 주선옥 시인은 잘 보여 주고 있다. 시인은 회상을 노래하면서도 자아 존중감을 잃지 않고 더욱 광범위하고 포괄적인 대상으로 시를 독자와 함께 하려 첫 시집을 엮었다.

현대를 살아가는 독자에게 삶에 빠져 허무하고 어둑한 그림자가 온몸을 휘감아도 한 줄기 빛이 나락(奈落)의 심연(深淵)에서 구해줄 것이라는 희망과 용기를 주는 시인이다. 인간에게 가장 큰 행복은 사랑을 할 수 있다는 것과 사랑을 줄 수 있는 기회가 주어진 것이다. 그 사랑을 주선옥 시인은 詩라는 문학 장르로 표현하고 있다. 자신의 작품을 읽고 한 사람이라도 행복한 마음을 잠시나마 가질 수 있고, 그러면서 미소 짓기를 바란다는 주선옥 시인의 작품세계를 볼 수 있어 기쁘다. 사물을 설정해두고 이야기의 목적에 다양성을 부여하며 깊이를 더해가는 주선옥 시인의 시심이 한 권의 책으로 재탄생된다. "아버지의 손목시계"가 독자들의 사랑 밭에서 오래도록 기억되는 시인으로 남아 희망이 있는 문학인의 한사람으로 우뚝 서기를 바라면서 기쁜 마음으로 추천한다.

(사)창작문학예술인협의회 **이사장 김락호**

시인의 말

인생이라는 길을 가다가
간혹 길을 잃곤 합니다.

멈추어 서서
어디로 가야 하는지
알 수가 없어
갑갑하고 슬퍼질 때
詩는 저에게 길이었습니다.

공감하는 분들께
잠시 쉼표가
되었으면 하는
바람입니다.

2019년 11월 병천에서
주선옥 拜上

♣ 제1부 마음 밭에 詩뿌리고

♣ 제2부 삶이 나를 속이려 할 때

♣ 제3부 인생 사계

♣ 제4부 인생이란 기차를 탔습니다

QR 코드

스마트폰으로 QR 코드를 스캔하면
시낭송을 감상할 수 있습니다.

제목 : 칠월의 바다
시낭송 : 박영애

제목 : 아버지의 손목시계
시낭송 : 김락호

제목 : 여름일기
시낭송 : 박남숙

제목 : 사람 그 존재
시낭송 : 박남숙

제목 : 그 가을 첫사랑의 기억
시낭송 : 박남숙

제목 : 엄마와 접시꽃
시낭송 : 박영애

제목 : 그녀는 수국을 닮았다
시낭송 : 박남숙

시인은 자연을 이야기하고 시낭송가는 자연을 품었다.
글자는 날개를 달아 언어로 날고 소리는 자연에 눕는다.

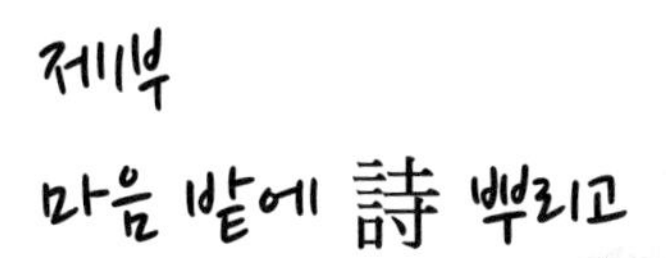

화사한 꽃잎 눈부시게 피우고
하늘 정원의 향기 가져다
바람결에 흩뿌려서 누구이든
홀딱 반해 누워버릴 詩 밭 일군다.

나에게 쓰는 편지

새해에는 고요한 마음으로
좀 더 느리게 걸어가 보자.

귀한 인연들마다 좀 더 따듯하게
손잡아 주며 눈도 맞추고

먼~ 산만 바라보던 눈길 거두어
내 집 처마밑서 지저귀는 새소리 듣고

발길 닿는 곳마다 상생의 기운으로
더 작은 일들에 큰사랑 기울이며

사소하다고 흘려보냈던 순간들에
한번 더 손을 모아 뜻을 모으고

저만치에 먼지 쌓이는 시집 펼쳐
내 감성에 촉촉이 비를 내리고

오랫동안 만나지 못했던 친구들
만나러 가서 밝은 웃음 나누고

무심으로 지나쳤던 사람들 마음
한번 더 헤아리고 고마워하고

지금 해야만 했던 조급함을 내려놓고
달팽이처럼 천천히 걸어가 보자.

마음 밭에 詩 뿌리고

황무지 갈아 詩를 뿌린다
풀썩거리는 잡념 날려 보내고
삐죽 빼죽 심술 골라 버리고
숲만 무성할 망상 뽑아낸다.

화사한 꽃잎 눈부시게 피우고
하늘 정원의 향기 가져다
바람결에 흩뿌려서 누구이든
홀딱 반해 누워버릴 詩 밭 일군다.

눈 시리게 파란 하늘이 내려앉고
뜨거운 햇살에 참 영글어갈 씨앗
떨어져 누운 꽃잎에서 새 기운 솟아
헤엄치는 시어(詩魚) 낚아챈다.

칠월의 바다

바다는 이미 한 여름이다.
까르르르 아이들의 웃음소리가
흰 치아를 드러내고 파도와 뒹굴고

색색이 무지개 닮은 비치 파라솔이
사람의 마음을 깃발처럼 나부끼게 한다.

짭조름한 바람이 벌겋게 부어올랐던
삶의 생채기에 덕지덕지 말라붙었던
딱정이를 뚝뚝 떼어낸다.

말하지 않아도 바라보는 그 눈빛에
허물어지는 그대의 아픔이 녹아내리고
내 가슴속에 수북하던 고뇌가
에티오피아 원두로 내린 에스프레소
한 잔의 진한 향기에 설레인다.

마주 앉아 시름없는 웃음 터트려
내 마음 확 열어젖히는
꽃보다 아름다운 사람이 좋다.

제목 : 칠월의 바다
시낭송 : 박영애
스마트폰으로 QR 코드를 스캔하면
시낭송을 감상할 수 있습니다.

풀잎 그리고 사람

어떻게든 살아 내려고
안간힘 쓰는
그 몸부림이 애처롭다.

바람이 마구 흔드는 대로
지쳐 쓰러지고 눕고 밟히며
여리디여린 숨결이나
스스로 뜯기거나
뿌리째 뽑히지 않는 강인함으로
날마다 하늘을 우러러

꽃도 피우고 씨앗도 영글리고
그 바람을 타고 먼 이국으로 띄워져
다시 뿌리를 내리고
삶은 참으로 가볍지 않은
그러나 못 견딜 고통도 아닌
그래서 풀잎과 사람은 닮았다.

사람의 삶은
언제나 향기가 난다.

비가 내린다

후둑후둑후두두둑
쏴아아아
드뎌 비가 내린다.

나뭇잎에 통통 튀는
빗방울이 경쾌하다.

울엄마 작은 텃밭에
상추 오이 고추가
목마름에 숨 가빠 하더니
이제야 한뼘은 더 크겠다.

희뿌연 미세 먼지로
깊이 숨 쉬지 못해
심장이 아팠다.

이제야
한껏 가슴 펴고
푸른 공기를 마셔본다.

아!

시원하다.

이 작은 빗방울이 주는

큰 은혜로움이다.

내 감성의 밭에도

푸른 잎이 자란다.

우리의 일상에서

때로는 무심하게

마음에도 비가 내려

후련해지는 날들이면 좋겠다.

힐링의 편지

때로는 양손에 신발을 벗어들고
저 붉은 흙 위를 걷고 싶지 않나요

맨발에 느껴지는 감촉
발가락 사이로 올라오는 흙냄새

어쩌다 발바닥을 찌르는
뾰족한 돌멩이도 정겹지 않을까요

바닷가를 천천히 걸어 본 적 있나요
발등까지 다가왔다가 밀려가는 물결

짭조름한 물결에 마음까지 깨끗해지는
그 놀랍고 신나는 맨발의 일탈

스쳐 가는 바람에 날려오는 커피 냄새
그 숨 막히는 향기 지나칠 수 없지요

그래요 바로 그거 들뜨고 설레이는
그 순간의 기분대로 맡겨보는 겁니다

바로 이거였어!
한바탕 웃고 나서 가슴도 쫙 펴는 겁니다

그냥 털털하게 그렇게 하면 되는 겁니다
뭐 별거 있나요 하고픈 대로 하는거지요

그게 바로 나 입니다
아니 그대로 당신입니다

나무 한 그루

나무 한 그루가
누군가에겐 푸른 꿈이 되고
누군가에겐 높은 하늘이 되고
누군가에겐 딛고 서는 땅이 된다.

나무 한 그루가
누군가의 가슴 속에선
쓸쓸한 휘파람 소리가 되고
누군가의 가슴 속에선
든든하게 기댈 수 있는 기둥이 된다.

나무 한 그루!
지금 그대의 눈앞에 또는
지금 그대의 가슴 속에서
그 나무는 무엇이 되는가?

우리에게 나무 한 그루는
작은 떡잎으로부터 자라나
높이 하늘로 가지를 뻗고
땅속 깊이로 뿌리를 내리고
굳건히 버티고 서서

슬프고 아픈 사연들과

기쁘고 좋은 온갖 기억들이 얽혀

끊어 낼 수도 없는 가지들

어제 · 오늘 · 내일도…
전쟁터 같은 삶에서 지켜낸 깃발이다.

염원

고요한 산사 새벽 예불길
총총한 별빛 벗 삼아
회랑을 돌며 염주알 굴린다

대웅전 법당에서
은은하게 배어 나오는
초 향불에 마음 사루며

팔십 노모님의 수복(壽福)을
손 모아 간절히 기원할 제
나한전 뒤뜰 마른 풀숲에서

황금빛 서기 어린 복수초 한 포기
간절한 내 염원의 등불에
영겁을 태울 기름을 붓는다

복수초(福壽草)

가슴 속에 쓸쓸한 바람 소리
서글픈 사랑을 품었더라

엄동설한 모진 추위 속 깊은
동굴에 갇혀 얼마나 헤맸던가

푸른 꿈으로 피운 황금빛
다시 살아나 누리고픈 영화

노랑나비 되어 훨훨 하늘로 오를
영원한 꿈을 다시 꾸며
소리 없이 그대의 가슴에 잠든다

사랑하는 어머니

어머니
오늘 아침 변기 속 물 위에
동글동글 떠 있던 당신의 변(便)에서는
작고 노란 복수초 꽃 같은 향기가 났습니다

팔십이 넘으면서 정신마저 흐려져
때로는 변(便)과 요의를 느끼지 못하고
수없이 실수하면서도 기저귀를 거부하는
당신의 슬픈 눈빛에 마음이 아립니다

엄동설한 서릿발 같은 모진 시집살이로
가슴에 피멍이 들었고 삭히지 못한 상처
당신의 세월은 눈 속에서 향기를 품고
눈부신 미소를 머금은 꽃이 되었습니다

어머니
이제 당신의 남은 삶에 화수분 같은 복과
황금같이 빛나는 건강으로 백수를 누리소서

아버지의 손목시계

군데군데 낡아서 금빛도 흐려졌고
여기저기 검버섯 같은 상처도 선명 한데다가
수년 전부터 바쁘던 바늘이 걸음조차 멈추었다.

오랫동안 주인을 잃고 좁은 문갑에 갇혀
날개를 잃은 새처럼 숨죽여 울다가
그 존재의 의미마저 이제는 모두 잃어버렸다

한 때는 사람의 맥박처럼 힘차게 뛰며
누군가의 일상을 책임지고 부지런도 했을 텐데
심장은 멎었고 그 모든 기억은 사라졌다

아버지에 대한 많은 생각이 낡은 금빛 줄에서
마지막 빛을 발하며 반짝거린다
차마 보내지 못했던 나비 한 마리
이제는 놓아 주어야겠다

제목 : 아버지의 손목시계
시낭송 : 김락호
스마트폰으로 QR 코드를 스캔하면
시낭송을 감상할 수 있습니다.

아버지라는 나무

고향 집 마을 어귀 큰 느티나무
가지를 길게 뻗어 너울너울 춤을 추며
지나가던 누구라도 기대어 쉬게 하고
모진 눈바람도 막아주어 참 믿음직했다

더운 날 그 아래 돗자리 깔고 누워
시끄러운 매미 소리도 자장가 삼아
늦가을에는 모두 털어내고 앙상하지만
넉넉한 품이 무척 좋았다

숨바꼭질로 몸을 숨겨도
친구들과 싸우고 외톨이 되어도
언제나 따듯하게 등을 기댈 수 있었다

어느 여름 폭풍에 뿌리가 반쯤 뽑힌 채
비스듬히 누워 시름시름 앓더니
그해를 넘기지 못하고 밑동이 썩어 쓰러졌다

나의 아버지였다
가족들에겐 무덤덤해도
이웃들에겐 세상에 더없는 사람이었다

빚보증 섰다가 처자식에게 죄인 되어
그 모진 세월을 비틀거리며
남자라서 눈물도 없이 속으로 울었다

육십 한 살에 위암으로 쓰러져
삼 년을 버티다 의식도 없이 그렇게
뜨거운 통한의 눈물 속에 하늘로 가셨다

그곳에도 봄이 오고 있을까
당신의 삶 속에서 맞이하지 못했던
찬란하고 영원한 봄이 그곳이길 바래본다

누가 삶을 말할 수 있을까?

아침마다 보따리를 싸서
방 한가운데에 가지런히 놓고
"오늘은 집에 가야혀" 라며
누군가 대문만 열고 들어오면
화색으로 반기신다 했다.

일흔아홉 살의 며느리가
수전증으로 부들부들 떨리는 손으로
밤마다 보따리를 풀어 놓으면
다음 날 아침에 또 싼다 했다.

온 마을 사람들이 알아줄 정도로
명확하고 총명하셨던 분으로
육남매를 모두 대학 졸업 시켜
도회지로 내보내고 얼마 전까지도
그렇게 굳굳 하시던 분이라 했다.

지금은 이십여 년을 함께 살아 온
며느리를 엄마! 할머니! 라고 부르거나
아들을 아저씨! 영감! 이라고 부른다 했다.

얼마 전에 현관을 나가 대문 앞 계단에서
낙상으로 고관절 골절로 병원에
입원 치료 후부터 인지저하를 보이다
지금은 치매 진단으로 약 복용까지 한다 했다.

백 년을 살아오면서
그 마음속에 품었던 뜻이 산더미요
그 머릿속에 쌓아둔 앎은 터질 지경인데
그 모든 것을 깨끗이 지워버린 채

어린 시절 태어나서 자라던 고향만 기억하고
평생 살아온 집에서 매일 보따리를 싸며
"오늘은 집으로 가야 한다"고 중얼거리며
우체부가 와도 데리러 온 줄 알고 좋아라

팔십 한 살의 아들은
그런 어머니를 제대로 모셔 보겠다고
요양보호사 교육을 받으러 학원을 다닌다.

백한 살에 치매를 만난 할머니는
모든 것을 내려놓고
치매랑 친구 되어 어디로 가고 있는 걸까?

봄을 기다리며

햇살이 따사롭게 내리는 아침
도심의 어느 아파트단지 내 공원
방학 중인 아이들 일곱 명이 옹기종기 모여앉아
무언지 모를 것을 들여다보며 재잘거린다.

그 옆에 뽀송뽀송 솜털에 싸인 꽃멍울로
따사로운 햇살을 해바라기 하는 목련나뭇가지에
이름 모를 새 한 마리 앉아서 지절거린다.

아이들의 경쾌한 웃음소리와
새의 아름다운 노랫소리가 묘한 화음으로
듣는 사람 가슴을 풀어헤쳐 설레이게 한다.

아~~~
참으로 고운 이 아침
행복이 어디 먼 데 있는 것이 아니라
잠시 멈추고 돌아보면 바로
내 눈 앞에 펼쳐진 화사한 정원임을 알게 된다.

오늘도 나는 세상의 중심되어
온전한 내 삶의 주인공으로 당당하게
이 근사한 하루라는 백지 위에

그림이든 詩든 내 마음을 그린다
주체할 수 없는 나의 효능감은
얼음 풀려 맑게 졸졸 흐르는 봄 시냇물 되리라.

봄 편지

긴 겨울밤 시린 별빛이
그대 창가에 다소곳 내려
두근거리는 가슴
거친 숨결로 기다립니다.

더러는 부풀고
더러는 두꺼운 껍질 속
기어이 깨어나지 않을 듯
그 숨소리마저 깊이 재웠습니다.

그러나 이미 그대 안에서
연둣빛 휘파람 소리
연분홍 꽃 내음으로
눈 뜨고 나서 흔들리고 있습니다.

작은 샘처럼 솟은 그리움이
아무것도 보이지 않고
오직 그대를 향해
두려움 없이 흐르는 강물인 것을

그대는 아시나요?

산사의 풍경소리

먼 회랑을 돌아 이제야
님의 뜰 아래 섰습니다

무명으로 눈 가린 채
정처 없이 걸어와 닿은 곳

진작에 녹이지 못한
지독한 삶의 고해들

긴 해 그림자에 스며
애증으로 앉혀 온 딱정이

소리내어 울지도 못하던
처마끝 물고기의 노래

바람향내 그윽히 품은
청아한 하늘 휘파람 소리

아상으로 녹슬은 검은 때
한점씩 향을 사루어 떼어 냅니다

첫사랑 같은 눈이 내린다

소리 없이 가만가만
내 마음속에 내린다

고운 설레임으로
눈을 감고 그대를 본다

한없이 내려 쌓여서
내 안에 가득한 그리움

이를 수 없었던
그대는 눈물이 되었다

세월이 흘러도
산더미 같은 그대는

녹지도 않고 계속
내 안에 내려 쌓인다

봄이 오고 있잖아요

저 앙상한 나무숲을 이제
겨울이라고 말하지 말아요

아직 눈 부시지는 않지만
여린 나비의 춤사위로 오고 있잖아요

조용히 창가에 소리 없이
파릇한 새순과 노란 꽃잎이 눈 뜨잖아요

그 안에 당신도 나도 아기처럼
맑은 미소를 머금고 잠들어 있잖아요

너무 초조해 말고 기다려 주세요
이미 봄 요정이 부드럽게 숨을 쉬어요

이제 저 바람을 춥다 말하지 말아요
이미 당신의 마음은 두근거리잖아요

큰 희망의 주머니 하나 조금 열고
행복의 씨앗을 뿌릴 설레임만 가져요

나는 당신의 힘찬 날갯소리에 깨어나
그 푸르른 들판으로 달려 나갈 거예요

삶은 곧 수행이다

치열한 삶의 의지로
달음박질치듯 늘 분주하다.

나는 누구인지?
나는 어디에 서 있는지?
지금 내가 하는 것은 무얼 위함인지?

돌아볼 겨를없이 겹겹이 쌓이는
일상의 묵은 때와 먼지들
두터워지는 업장의 돌덩어리들

녹여도 시원찮을 전생의 업장
이 생애서 또 두텁게 쌓아만 간다.

말 한마디 눈길 가는 곳마다
곱지 않게 쓰는 마음으로

한 알의 사과 씨 속에
한 그루 나무가 자라고 있음을

지금 이 순간도 나는
빨랫줄 위에 연꽃을 심는다.

매화꽃 차를 마시며

동장군 매운 서릿발에
감히 소리도 내지 못하고
속울음만 삼키더니

한 줌 햇살에
툭툭 퍼져나오는
순진한 얼굴의 맑은 미소

가는 한 줄기 바람에
봇물 터지듯
단내나는 향기로 흐르고

때로는 무미한 삶에
한 모금의 향기로
녹아내리는 고단함

찻주전자에 물 끓는 소리
지그시 눈을 감고
푸른 찻잔에 띄워 이른 봄을 마신다

가족여행

고이 기른 딸은 지난해 시월 시집 보내고
아들과 셋이 떠나온 여행이란 삶의 한 페이지

평소에는 셋이 대전 예산 천안으로
뿔뿔이 흩어져 제 몫을 하며 바삐 살다가
설 명절 연휴를 핑계 삼아 툭툭 털고 나섰다

아름다운 해운대에 숙소를 정하고
동백섬 남포동 자갈치 심야 영화까지
빡빡한 첫날의 일정이 숨 가쁘지만 즐겁다

둘째 날 아침은 느긋하게 커피 향 즐기며
창밖의 파도 소리 갈매기 소리 들으며
또 하루치의 추억을 차곡차곡 쌓아본다

우리 짱 멋진 아들!
효성스럽기까지 한 울트라 캡숑짱 아들이
여행을 제안해서 떠나 온 오륙도 부산

친구 같던 누나의 빈자리가 느껴지는지
처음엔 묵묵히 발끝만 보고 걷더니
조금씩 두 중늙은이를 보통이처럼 챙긴다

아빠는 아직도 스물여섯의 철근 같은 아들을
애기야 애기야 애처로이 부르며
바다 풍경 도시 풍경 당신 앞에 세우고
사진을 찍자고 구스르며 귀찮게도 부른다

아들이 사색 좀 하게 놔두래도
자꾸만 곁으로 불러 끌어안으며 내 새끼란다
어느 순간 딸 바보에서 아들 바보가 되었다

여행길은 역시 어디를 가는가 보다
누구와 함께해야 하는지 그 기쁨이
뻥튀기되어 몇 배가 되는 것인지를 알겠다

신나게 즐기고 누리는 여행의 시간을 통해
평소 바쁘고 분주했던 삶의 시간을
늘어진 고무줄처럼 내버려 두고 그냥 웃자

우리들의 자화상

무리 지어 날아가는 새의 날개가
눈이 부시게 반짝거리는 것을 보았나요

박제된 새의 날개는 빛나지 않고
그 부리는 더는 벌레를 잡지 못하지요

사람의 꿈도 그렇다는 생각 들지 않나요
한밤중에 깊은 잠에서 아무리 거창해도

눈 깜박거리며 가벼운 한숨 토해내며
가슴속에 심어두고 두근거리는 작은 꿈이

멀지 않은 날에 싱그러운 넝쿨로 자라나
칠월의 청포도 알처럼 익어갈 꿈을 꾸었지요

소녀 시절 목수셨던 아버지가 손수 지은 집
그 어둑한 다락방에서 안네의 일기를 읽으며

톰소여여를 읽으며 십오소년 표류기를 읽으며
이 험난한 세파를 헤치며 살아갈 세상

그 세상에서 꿋꿋하게 살아남을 꿈을 꾸고
향기로운 장미의 꽃밭을 가질 꿈을 꾸었지요

우리는 새처럼 반짝거리는 날개를 가졌고
달콤한 향기 가득한 행복의 꽃밭을 거닐지요

그래도 열린 세계를 향해 늘 팔을 뻗지요
살아 숨 쉬는 한 내안에는 나무 한 그루가
깊은 뿌리를 내리고 끊임없이 생장하고 있지요.

별이 된 당신

-강 할머님을 추모하며-

오늘 밤도 저 하늘에서 가장 빛나는 별로
이 지상의 외로운 이들을 굽어보실 당신

육십팔 년의 생애를 홀홀 단신으로
아픈 육신을 멍애로 지고 견디며 살다가

그리운 이 오직 한 사람 그 목소리 듣고는
안심이듯 홀연히 이승을 떠나가셨지요.

유난히도 정이 깊어 잠시 들러도
화들짝 반기며 손을 잡고 놓지 못하던

당신의 촉촉한 눈빛과 여린 숨결과
그 무엇보다 순수했던 영혼을 기억합니다.

언제나 당신은 시골집 장독대 옆 봉선화처럼
보였지만 실은 코스모스처럼 가녀린 분이셨지요.

그러고 보니 당신은 저를 참 좋아해 주셨는데
제가 아는 건 당신의 이름과 나이뿐입니다.

그 사실이 너무 아프고 미안합니다. 그래서
몇 년 동안 당신을 잊지 못하고 있습니다.

당신은 분명 별이 되셨을 거라고 믿습니다.
너무도 외로웠기에 깊이 잠들지 못하고

밤새도록 이웃들을 지켜보며 맘 좋은 미소로
한없이 반짝거리며 빛나고 계시겠지요.

강☆☆ 할머니 부디 그곳에서는 제발 제발
아프지 말고 외롭지 말고 부자로 편히 쉬시길

진작에 당신을 마음 편하게 보내 드리지 못해
가슴 저리게 안고 있던 못난이가 기도합니다.

오늘도 별이 되어
눈부시게 빛나는 당신을 봅니다

겨울나무

묵언에든 수행자 같아 좋다.

온갖 소란스러움 훌훌 떨쳐내고
삭발염의한 듯 단출한 풍경

비워서 홀가분한 자유로
모진 바람도 전신에 감아 고요히
깊은 삼매에 들었다.

소리 없이 짙어가는 어둠 같은 겨울
온갖 생명들이 생장을 쉬는 때
물고기 같이 깨어 화두만 챙긴다.

우리의 삶도 침묵으로 익어가서
훨훨 저 피안의 언덕에 이를지니라.

새해 아침에

가슴 속에서 뜨겁게 해가 떴다.
동해 바다를 뚫고 태백산맥을 뚫고
내 안의 큰 해가 힘차게 솟아올랐다.

깨지 못한 꿈이라면 아예 묻으리라
아직 열리지 않은 새날의 큰 기운
지나온 세월의 발자국을 거름 삼아
저 드넓은 대지를 향해 힘껏 달린다.

내 심전에 씨앗을 품었다.
365일이라는 빈 들판이 가슴 열고
씨를 뿌리라 잎을 틔우라 꽃을 피우라 한다.

새해 새 아침!
무엇이 두려우랴 무엇이 감히 막아서랴
끝없이 하얗게 펼쳐진 새 아침에
큰 나무 한 그루가 깊이 뿌리를 내리고
365일간의 생장을 시작한다.

사람들아 함께 가자
저 푸르게 펼쳐진 논과 밭과 하늘에
꿈을 뿌리고 가꾸고 피워서 거두자.

제2부

삶이 나를 속이려 할 때

작은 빛 한 줄기를 내어
무사히 돌아와
머물 수 있는 항구까지
인도해 줄 등대가 필요하다.

삶이 나를 속이려 할 때

우리는 저마다
고해의 바다에 떠 있는 섬이다.

등대가 필요하다.

자욱한 안개숲에 갇혀
동서남북을 모르고
절규의 신음소리를 낼 때

저기 저기서

작은 빛 한 줄기를 내어
무사히 돌아와
머물 수 있는 항구까지
인도해 줄 등대가 필요하다.

가을날의 넋두리

붉게 물드는 나뭇잎새
단풍이라 했더니
읽던 책 사이에 꽂아둔
오랜 기억 속의 추억입니다.

높고 푸른 하늘 가득히
춤을 추며 떨어지는 낙엽은
온밤을 지새며 썼던
당신께 드리던 연서입니다.

저렇게 비가 내리고
맑게 닦인 유리창 너머
코스모스 하늘거리는 풍경 속에
보일 듯 말듯 그대는 그리움입니다.

세월도 흘렀고 얼굴도 잊혀져
그 붉던 단풍나무 아래서
그대가 손짓해 불러도
이제는 진정 모른다 할 것입니다.

악몽을 꾸고 나서

진땀까지 흘리며
악몽을 꾸다가 새벽 1시경 잠이깨어
다시 잠들지 못하고 있다.

너무 생생한
정말 무서운
. . .

꿈을 꾸되 육신의
잠도 이루지 못하는
악몽은 꾸지 말고

탐진치를 잠재우고
오롯이 싹트는 보리의
생명력을 지닌
지혜의 꿈을 꾸어야 한다.

이제 두려움은 잠재우고
눈은 말똥거린다.
차나 한 잔 해야겠다.

어떤 이의 일터에서

어떤 이의 일터(카센터)에는
알 수 없는 쇳덩이와 도구들만 있는 것이 아닙니다.

비록 그는 기름에 찌든 목장갑을 끼고
고장 난 자동차 밑에 드러누워
나사를 풀고 조이고 무언가를 두드리고

때로는 그 커다란 자동차의 엔진이며
각종 부속 품들을 낱낱이 해부했다가
다시 꿰어 맞추는 장장 여섯 시간
아니 열 시간 그 이상 동안을 그렇게
땀에 범벅이 되어 힘들게 일하지만

그의 일터에는 꽃도 피어 있고
그의 옆에는 태어난 지 이제
1년밖에 안 된 쌍동이 녀석들의
자가용(유모차)도 있습니다.

그의 얼굴에 그의 코밑에 까맣게
기름때가 묻어 웃어도 폼이 나지 않지만
그의 표정은 밝습니다.

그에게는 경리를 봐주는 사랑스런 아내와
여섯 살짜리 개구쟁이 아들과 이제
첫돌이 돌아오는 쌍둥이가 있어
피곤해도 피곤하지 않고 힘들어도
힘들지 않는 가장이요 아빠였습니다.

그의 일터에는 푸른 생명이 심어진
작은 화분도 있고 찾아오는 고객들이
마실 수 있는 커피 자판기도 친절하게
놓여져 있습니다.

그의 일터에는 꿈과 사랑이 있고
그의 삶터는 그대로 아름다운 풍경입니다.

길을 가다가 잠시

우리가 사는 하루하루는
그날그날의 꽃을 피우는 일

날마다 새로운 꽃을
피우고 지우는 일과 속에서

우리의 인생이 영글어 가고
아름다운 씨앗을 얻기 위하여

어제 오늘 내일도 우리는
많은 땀을 흘리고 눈물을 흘리지

아픈 상처일수록 우리가 얻는
씨앗은 시들지 않을 향기로 핀다.

11월 그 거리에 서서

저 초목을 보면
삼척동자도
투명한 유리알 같은
진실을 알 수 있다.

눈 감고
귀 막고
입 다물어 버린다고
거짓이 참되고
참이 거짓되지 않는다.

모든 것은
인과응보
사필귀정이라는
참다운 진리에 도달할 것이다.

우리네 한 걸음씩 살아가는 일도
그러함을 우리는 알아야 한다.

태어나서
어떻게 살아가든
누구나 도달하는
그 문 앞에서면
뼈저리게 깨닫게 되리라

친구 백봉에게

어느 국화 향기 가득하던 날
도시의 골목길 허름한 서점에서
시집 한 권에 철학서 한 권 골라
노랗게 단풍 든 플라타너스 잎 뒹구는
거리의 벤치에 앉아 읽던 기억

그냥 그렇게 한나절씩 함께 보내고
해그림자 길게 눕는 때가 되면
서로 싱긋 바이바이 손흔들며
각자의 집으로 돌아가곤 했었지

요즘 같은 초겨울 저녁이면
목을 움츠리고 옷깃을 한껏 올리고
그 거리의 뒤편 먹자골목 어디쯤
칼국수 집에서 허옇게 서리는
뜨거운 김을 후후 불며 먹곤 했었지

다시 너를 만나도 또렷하게 다가오는
그 시간 속에서 우리의 풍경은
흑백이 아니라 선명한 컬러로
제법 많은 시간이 지난 듯한데
돌아보니 겨우 한나절이구나

친구야 어디서 무엇을 하니?
여전히 네 속에 나도 있는 거니?
스치는 바람결에라도 엽서 한 장
아니 먼 풍경이라도 너의 모습 보고 싶구나.

내 삶의 노래는

사람 사는 게
거기서 거기라고들 하지만

어찌 ~
내가 우리 집 창가에서
지절거리는 새소리에 눈을 뜨고
창밖 바람에 흔들거리는
이름도 모르는 나뭇가지의 춤을 보며

향기로운 에스프레소 한 잔으로
가슴이 터질 듯 부풀어 오르는
이 ~
주체할 수 없이 감미로운 삶의
행복감이 같을 수 있단 말인가!

삶은 매일
같은 길을 지겹게 가는 듯하지만
생각하고 돌아보기에 따라서는
얼마나 경이롭고 신비로운가?

어제의 아기 새가 훨훨 하늘을 날고
어제의 사과 한 알이 다시 꽃을 피우고
소녀였던 나는 중년 여인이 되었고
굽은 길은 돌아갈 줄도 알며

내 삶의 뜨락에서 자라는 아이들과
내 옆에서 잠든 머리 희끗거리는 남편
그이의 가슴속에 담겨있는 소망을
함께 보듬으며 미소짓고 있는데

내 삶의 노래는 적어도
흐르는 물결 위에서 반짝거리는 별빛이다.

달님께 쓰는 편지

고단한 삶에 너덜너덜 해어진
웃음기 없는 누군가의 가슴에
커다란 빛으로 가득히 채우소서

심신의 유약함으로 고통스러운
누군가의 팍팍한 가슴에
따듯함으로 스미어 치유를 주소서

아직도 저 멀리까지 갈 길이 먼
누군가의 조바심 나는 가슴에
평화와 느긋한 여유로 채우소서

함께 가고 있으나 수평선 같은
저 친구들의 안타까운 만남에
진정한 상생의 기운으로 채우소서

지금 이 순간도 나만의 욕망으로
다른 이의 아픔을 헤아리지 못하는
그 이기적인 얼룩을 지우소서

같은 하늘 아래서 손 모아 기원하는
그 모든 꿈과 소망들이 오롯하게
영글고 이루어지도록 완성하소서

한가위 풍경

고향마을 들어서는 길 양쪽에
유년의 친구 같은 백일홍꽃들이
작은 몸을 흔드는 정겨운 모습

이웃집 뒷산에서 툭툭 알밤 떨고
아이 주먹만 한 대추에 제법 단맛이 들었다

모진 더위에 피도 뽑지 못했던 나락이
스스로 영글어 송편도 빚었다

바삐 살던 형제와 친지들이
원근거리 가리지 않고 한달음에 달려와
물보다 진한 뜨거운 핏줄의 정 나눔으로

일상에 지쳤던 모든 시름 내려놓고
서로를 얼싸안고 피우는 웃음꽃 속에
가슴마다 한 아름씩 둥근달 뜨겠다.

임서방에게 딸을 보내며

수많은 날 오작교 다리를 건너
언약했던 시간을 꿰어 드디어
영롱하고 아름다운 부부가 되는구나

티격태격 작고 귀여운 다툼들
때로는 웃기도 하고 울기도 하며
봄 여름 가을 겨울이 흘렀고

하늘이 맺어준 지중한 인연으로
꽃가마 타고 둥실둥실 떠나는
사랑스런 우리 딸 윤정아

이제 한 여인으로 새로 나거라
다소곳 효심스런 며느리 되고
예쁘고 지혜로운 아내의 길을 가거라

건강하고 슬기로운 아기를 잉태하고
부드러운 미소와 따듯한 마음으로
태교를 해서 세상의 주인을 낳거라

우리 멋진 사위 임서방 잘 듣게나
사뿐사뿐 꽃신 신겨 윤정이를 보내네
부디 어여삐 사랑으로 함께 하게나

바람 불 때 울타리가 되어주고
비가 내릴 때 우산이 되어주고
부디 귀하고 소중한 사람들 되고

우울한 날 서로 햇살이 되고
큰 강을 만나거든 서로 뗏목이 되고
부디 서로를 키우고 의지하며 살게나

서로 다르게 태어나고 자랐고
생각도 다르게 살아 온 세월을 넘어
이제 한곳을 보며 꽃길만 걸으시게나

곱게 예쁘게 잘 자라서 오늘 이렇게
어른이 되는 대견하고 예쁜 우리 딸
윤정아!
고맙다 그리고 사랑한다… *^^*

코스모스

생글생글 작은 얼굴에
개구쟁이 웃음을 띠고
먼 미지의 세계를 그리며
가벼운 날개옷을 입었다.

그 뜨거웠던 여름의
햇살을 고이 담아
푸르른 기상의 창공 속으로
한 겹씩 펼쳐 수를 놓았다.

작은 그리움으로 시작된
오랜 기다림과 소망은
아무도 알지 못하는 꿈으로
커다란 우주를 품어 안았다.

팔월의 노래

타는 목마름입니다.
마셔도 마셔도 태양의 그릇은
채워지지 않고 마른 풀내만 납니다.

조바심 나는 기다림입니다.
금새라도 열릴듯한 창문 앞에서
그대가 얼굴 내밀 듯한데
뜨겁게 내 가슴만 데웁니다.

못 견딜 그리움입니다.
쾌청한 웃음소리로
내 마음 다독거릴 듯한데
참으로 매정한 당신입니다.

오로지 한곳을 향해 절절한데
한 장 엽서도 없이
까맣게 타는 해바라기입니다.

한 폭의 수채화 같은 7월

맑게 닦인 창문 너머 풍경이다.

철들지 않은 소년의 얼굴처럼
만나는 사람들 마음속에
밝은 웃음으로 열리는 세상이다.

생기 가득한 우주의 숨결이
충만한 에너지로 뭍 생명에 닿아
열정의 생기발랄한 기운 되어
꿈꾸는 자들에 환상의 세상이다.

그리움도 미움도 없이 그냥 툭
무심히 흘러가 버리는 넋으로
생사초탈에 자유로운 능소화!
그 처연한 아름다움이다.

여름일기

한낮 뙤약볕이 뜨겁다.
머릿속에서 이마로
땀이 줄줄 흘러내린다.

보이지 않는 등줄기의 땀은
강줄기를 이루며
뒷허리까지 흘러내린다.

큰 나무 꼭대기에 흰구름이
걸렸다가 금세 사라지며
싯푸르게 쏟아질 거 같을 하늘이 보인다.

어느 사이 가을이 엉덩이를 풀썩
마당 한켠에 내려앉았다.

붉은 고추며 깻단들이…
못생겨도 진국인 호박꽃도 시들어
늙은 호박 한 덩이 돌담 위에 올려놓았다.

여름도 이렇게 조금씩 떠나가고 있다.

제목 : 여름일기
시낭송 : 박남숙
스마트폰으로 QR 코드를 스캔하면
시낭송을 감상할 수 있습니다.

자연에서 배운다

나무와 숲이
욕심을 하나씩 내려놓고
거짓을 하나씩 벗어 놓으니
참으로 아름다움만 남아

고운 단풍이 보이고
푸른 하늘이 보이고
깊은 바다가 보이고
넓은 대지만이 펼쳐져 있다.

사람이
욕심을 버리고
거짓을 버리고 나면
세상은 더 따듯하고
그대는 더 자유롭고
우리는 더 행복할 텐데

무엇이 사람을
이토록 움켜쥐고서
가슴에 품어 안고서
무겁다고 힘들다고 끙끙
어리석은 존재이게 하는 걸까?
나는 내 인생의 주인공

나는 세상의 중심입니다.

누군가 세상을 떠나면
세상은 아무 일 없이
정말 아무 일 없이
해가 뜨고 해가 지고 거리에는
사람들의 발걸음이 분주합니다.

그러나 내가 세상을 떠나면
모든 것은 멈추고 더이상
해가 뜨지도 지지도 않습니다.

거리에 사람들이 오고가든 말든
날씨가 춥던지 덥던지
더이상 나와는 상관이 없어 지지요.

그래서 내 인생은 한 순간순간
최선을 다하고 소중하게
나무 한 그루 가꾸듯 잘 살아야 합니다.

사람들과의 관계 속에 서로의 영양분을
주고받으며 서로를 살리는 그런
깊은 뿌리의 생장과 같은 믿음으로
행하는 모든 것이 나의 마음입니다.

오늘도 우리는 모두 세상의 중심입니다.

가을편지

높고 푸른 하늘
맑고 스산한 바람
너무 진한 들꽃 향기

영그는 해바라기 씨앗
장대 끝 맴도는 고추잠자리
노랗고 빨갛게 빛바랜 나뭇잎

낡았으나 정감 가는 배낭
호젓하게 혼자 떠나고픈 여행
해변 솔숲을 가로지르는 기찻길

익을수록 고개를 떨구는 벼이삭
스치는 바람에도 온몸을 흔드는 코스모스
툭툭 떨어지는 아기 주먹만 한 알밤

그리운 사람아!
내 소녀적 그 길모퉁이 어디쯤
서성거리고 있을 당신께 편지를 씁니다.

벚꽃

아이의 웃음이다.

벙글벙글
보는 이 마음
행복에 겨워진다.

즐거운 메아리다.

바람이 지나면
햇살처럼 반짝거리며

움츠렸던 우리 어깨 위에
고운 새소리로 내려앉는다.

산책길

풀꽃을 보았지요
이름조차도 알 수 없는
키 작은 잡초였습니다.

찾아주는 이 하나 없어도
홀로 잎을 틔우고
혼자 꽃을 피우고
홀로 씨앗을 영글리는 작업에
너무도 충실한 생명

참으로 부끄러웠습니다.
내 이름을 불러주는 사람들
내 얼굴을 알아보는 사람들
내 좋은 것을 칭찬해 주는 사람들
내 나쁜 것을 꾸짖어 주는 사람들
그렇게 의로운 분들이 곁에 많은데
난, 왜 그리도 많은
투정을 하며 사는지요.

사람 그 존재

하늘 아래 땅이 있고
그 사이에 사람이 있다.

하늘이 내리는
햇살 바람 비를 얻어
성실하게 농사를 지으니

가을이면 그 결실로 배가 부르고
땅이 주는 기운과 보호로 인해
안전하게 삶을 가꾸니

이 어찌 행복이
배가되지 않으리오만

한 알곡식이 한 되를 주는데
사람의 욕심은 한도 끝도 없으니
늘 배가 고파하더라.

제목 : 사람 그 존재
시낭송 : 박남숙
스마트폰으로 QR 코드를 스캔하면
시낭송을 감상할 수 있습니다.

엄마의 작은텃밭

지난 4월이던가 팔을 걷어붙이고
집앞 잔듸밭을 손바닥만 하게
호미로 질긴 뿌리를 뽑아내고는
화분갈이에 쓰려고 사다 둔
퇴비를 훌훌 뿌리시더니

얼른 비 좀 내려서 흙이 물러지면
상추랑 고추랑 토마토를 심자고
벼르고 벼르시다가 5월이 되어서야
병아리 눈물만큼 내린 봄비

마사토라 빗물은 모두 땅속으로 스며
밭은 다시 딱딱한 모래밭인데
그래도 엄마는 장날에 나가자더니

고추 세 포기 적상추 다섯 포기
토마토 세 포기 오이 세 포기
모종을 사와 물을 퍼내다 심어놓고

강원도 집에 가서는 작정하신 듯
쪽파 부추 청상추 이름 모를 화초까지
모두 뽑아 와서 심어두고는
"이제는 됐다" 하십니다.

아침마다 문 열고 한참을 내다보며
"그래그래 뿌리 내리고 잘 살아야지"
고개를 끄덕거리며 가슴에 손 모읍니다.

처음에는 배실배실 타들어 가며
키도 안 크고 금방 시들어 버릴 듯
겨우 버티는 듯 애처롭더니
어느 사이 제법 꽃도 피우더니
벌써 상추랑 고추랑 한 바구니
식탁에 올라온 푸성귀들

팔십 평생 살아오신 강원도에서
마음은 두고 육신만 어느 날 문득
낯선 충청도로 새끼손에 이끌려 와서
조금씩 뿌리를 내리는 당신의 마음

"이제는 됐다" 그 마음속에서
타향도 정들면 살만한 곳으로
엄마의 남은 여생이 평안하시길
큰딸은 간절히 기원해 봅니다.

산티아고 성지순례를 떠난 친구에게

마음속에 꽃비가 내리고
영혼에 큰 북소리 울리는
맑고 영롱하게 오롯이 바치는
큰 새벽의 기도가 되게 하소서

삶이 팍팍한 날에는
향기 그윽한 꽃길이 되고
비가 내리는 날에는
잠시 피할 수 있는 처마가 되고
큰바람이 부는 날에는
견고한 울타리가 되게 하소서

어떤 시련의 포효 속에서도
모이면 비우기를 반복하며
고뇌로부터 끊임없는 정진으로
혜안이 열리는 저 연잎의 지혜 되고

길 위에 서서 길을 가면서도
때로는 길을 잃는 어리석은 날에
푸른 새벽빛으로 밝히는
깊은 사랑으로 웃음 짓게 하소서

두 영혼이 밝히는 하나의 등불로
묵묵히 걷고 또 걸어가는 길
그 거룩한 등 뒤에 서서 감히
나는 흔들리는 풍경소리로
당신들의 숭고한 기도를 배웁니다.

안부

잘 지내시나요.

어느 때이던가
늙은 소나무 한그루가
구부정한 허리에 흐려진 시야로
까닭 없이 서성거리며
땅거미 지도록 늦은 저녁까지
깊은 한숨 지을 때
당신은 가을 하늘처럼
맑고 푸른 미소를 주었지요.

짙은 들국화 향기 노래와
그 작은 찻집의 창가 나무 의자에는
아직도 흐르는 눈물의 편지

수십 년이 지났어도
빛나는 햇살로 온기 서리고
금방 쏟아질 듯 흐린 하늘일 때
더러는 동구 밖 느티나무가 되어
숨기고픈 서러움 다독여 줍니다.

지독한 가을 앓이로
스스로 가둔 계절의 창살 안에서
훨훨 나는 새가 부러웠던 스무 살
그 아팠던 청춘의 시간을 돌아봅니다.

당신은 지금
어느 밝은 창가에서
봄 햇살같이 살고 있나요.

백목련
– 50살에 세상을 떠난 친구를 추모하며

엄동설한에
꾹꾹 눌러 참았던 울음

선혈 낭자한 넋이 차라리
눈부시게 하얀 꽃으로 피었다.

수인(囚人)의 하늘처럼 암울한
병고로 지쳤던 그 생애가

훨훨 새가 되어 떠난 후
사람들의 마을 담장 너머로

그 첫봄을 맞으며
이 아픈 가슴에 등불로 밝혔다.

제3부

인생 사계

하나의 선을 따라
시간표 따라 승화하는
삶은 단순한 듯
위대한 우주의 법칙이다

지금 나는
어느 계절에 서 있을까?

인생 사계

봄은 예쁘다
여름은 건강하다
가을은 아름답다
겨울은 멋지다

봄
여름
가을
겨울

사계절은
사람이 사는
참다운 모습이다

태어나고
자라고
익어가고
비워가는

하나의 선을 따라
시간표 따라 승화하는
삶은 단순한 듯
위대한 우주의 법칙이다

지금 나는
어느 계절에 서 있을까?

오월 어느 날에

오월의 하늘에선 향기가 난다.
나뭇잎과 풀잎들이 올리는
푸른 냄새가 나는 향기

아카시아가 양팔을 흔들어
감당하기 어려운 꽃향을 올리고

아찔한 찔레꽃 향기에 취해서
비틀비틀거리노라니
이름 모를 꽃들의 향기까지
마구 하늘로 올린다.

계절의 여왕이라는 오월의
들판에는 푸른 바람이 불고
내 가슴속엔 맑은 바람이 분다.

아침단상

봄이 왔다.
두터운 옷 벗어버리고
눈부신 날개 옷 입고
훨훨 날아서
지금 문 앞에 서 있다.

봄은 참 곱다.
우리네 삶도 저리
가볍고 기쁜 일 많으면
얼마나 좋을까!

3월에는

3월이라는 단어에서는
왠지 빗물이 고인다.

문을 열고 나가면
촉촉이 내리는 빗속에서

아지랑이가 피어오르고
저만치 언덕은 어느 사이 푸르러

부는 바람에 꽃향기가 실려 오고
소식 뜸했던 친구에게 엽서를 쓰고 싶다.

가을 일기

눈이 시리게 맑은 하늘
노란 단풍잎이 더 돋보이고
빨간 단풍잎이 더 황홀하게
사람의 혼을 쏙 빼놓았다.

그때가 언제이던가?
김밥 한 줄에 사이다 한 병
삶은 밤 한 줌과 삶은 달걀 두어 개
그리고 들뜨고 설레는 맘으로
끊임없이 지금은 기억도 나지 않는
재잘거림과 까르르르 ~~~

오늘 소풍을 다녀오며
까마득한 그 시절 동창생들의
안부가 몹시도 그립다.

봄날에는 바다로 가자

바다가 살아서 펄떡거린다
깊이 잠들었던 부두도 깨어났다
오래 묵혀두었다가 풀어내는 그물에서
가난한 어부의 상처 같은 비늘이 툭툭 떨어진다

눈 부신 햇살에 느긋한 바다
그 푸른 유혹에 사람들이 바다로 간다
수다처럼 낱낱이 튀어 허공에 뿌려지는
하얀 포말이 아름답다

누군가는 심장이 후둑 거리는 예쁜 추억을
또 누군가는 눈물부터 흐르는 아픈 추억을
작은 조각배 같은 사람들이
드넓은 백사장에서 추억을 줍고 있다

봄날에는 저 반짝거리는 바다로 가자
겨우내 굳게 다물었던 목청을 높여
곤히 잠들었던 파도를 깨우고
너는 나에게로 나는 너에게로
서로의 큰 고래가 되어 춤을 추자

사계 예찬

봄은

눈부시고 경이롭다

여름은

숨 막히게 아름답다

가을은

가슴 벅찬 감동이다

겨울은

고요하고 신비롭다

삶의 길 위에서

부모의 정기를 받고 태어나
아무것도 모르는 체 삶의 길에 서서
거침없이 세상에 당당히 맞서다가도
한없이 모래성처럼 무너져 내리기도 한다.

때로는 길가에 핀 작은 꽃들을 보며
우주의 기막힌 조화로움에 놀라고
때로는 비바람과 자욱한 안개 속에
막막한 심정으로 걸음을 멈추기도 한다.

굽이굽이 나이 고개를 넘을 때마다
푸른 하늘만큼 큰 꿈이 있어
매일 아침 나를 깨우는 힘이 되고
잦은 먹구름 속에서도 활짝 웃는다.

아름다운 꽃길이 아니더라도
험난한 고행의 가시밭길일지라도
꿈을 향해 무소의 뿔처럼 당당히 걸어
누군가의 삶에 이정표가 되고 싶다.

엄마와 벽시계

시곗바늘은 일곱 시를 가리키는데
뻐꾸기는 뻐꾹 뻐꾹 뻐꾹
세 번 지저귀다가 제집으로 들어가 버렸다.

엄마는 잠에서 깨어 방을 나오시다가
"아직 세 시구나"라고 중얼거리며
다시 방으로 들어가셨다.

팔십 년 고단했던 삶의 어깨 위로
무겁게 내뱉는 뻐꾸기의 한숨 소리에
구부정한 허리가 더 굽어 보인다.

고향을 떠나올 때
이십 년 넘게 함께 했다며
분신처럼 내 집으로 가져온 엄마의 친구다.

지금은 기억이 점점 가물가물하여
한 말을 또 하고 또 하는 엄마처럼
깜박거리는 벽시계의 뻐꾸기가 안타깝다.

4월을 기다렸다

창을 열어 맞이하려 두근거렸고
저만치 뛰어나가
소리쳐 불러도 보았다.

가물가물 하늘 끝으로부터
영 소식이 없는 그대를
하염없이 그리워도 했었다.

내 심장에 와 박히는 그 순간까지
그냥 거기서 머뭇거리고만 있는 줄 알았다.

그러나 어느 사이 곁에 온 그대
눈이 부시어 바라볼 수가 없다.

힘찬 날갯짓에
생명이 일시에 기지개한다.

하얗게 토하기 시작해서
푸르게 자지러지다가
붉어지는 눈시울로 대지를 뒤덮을
그대의 향기에 취해 비틀거린다.

봄을 기다리는 마음

기다리지 않아도 그대는 오건만
마음은 이리도 초조해지는지

누군가 문을 열고 들어오는 문 틈새로
혹시나 그대가 성큼 들어설까 고개를 드니
싸아 하게 훑고 지나는 바람에 눈물이 난다.

그대는 쉬이 오지 않고
바람은 자꾸 문고리를 잡아 흔든다.

봄! 그 희망의 계절

긴 겨울잠에서 깨어나는 작은 생명
누가 봄이라고 말해주지 않아도
스스로 눈을 뜨고 긴 숨을 토해낸다

묵직한 돌 틈 사이로 고개를 갸웃거리며
푸르게 열린 하늘을 향해 영차 뛰어오르는
연둣빛 여린 풀잎은 너무나 신비롭다

주택가 골목길 콘크리트 높은 담벼락 아래
아주 조그만 얼굴에 햇살 가득 받으며
눈을 깜박거리는 수줍은 풀꽃이 대견하다

견고하게 동맹을 맺고 강하게 둘러친
그 철벽같은 생명력의 잔디를 뚫고
조심조심 손을 내미는 새싹은 정말 감동이다

지난해 마지막 꽃을 피워 힘겹게 맺었던 열매
그 고목은 올봄에도 푸른 잎을 틔우고
깊은 침묵의 겨울잠에서 과연 깨어날까?

우리 사람들의 고단한 삶의 어깨를 짓누르는
아픔과 슬픔으로 얼룩진 인생의 겨울도
이제는 가볍고 눈부신 꽃길로 열렸으면 좋겠다

카메라 예찬

그의 눈으로 바라보는 세상은
너무나 조화롭고 아름답다.

그가 내뱉는 작은 푸념 소리에
화들짝 깨어나는 풀꽃과 하늘

해맑은 아가의 얼굴은
사랑을 그리고 추억이 되었고

바람 한 줄기 지났을 뿐인데
이미 그의 가슴은 바다가 되었다.

마음을 찍습니다

당신의 맑은 눈을 빌려
오색 영롱한 세상을 봅니다.

신비한 자연의 발자국을 보고
슬프고 아픈 이들의 계절도 보며
일상의 삶을 사랑스럽게
한 폭의 그림에 곱게 담습니다.

당신의 눈에는 눈동자가 없지만
미묘한 표정과 많은 감정을 담고
나팔꽃에 맺힌 이슬보다 촉촉하게
만물의 마음을 열고 들어가게 합니다.

화폭의 그림이 덧셈의 예술이라면
당신은 뺄셈의 미학을 가슴에 품어
당신의 영혼처럼 맑은 눈으로
희로애락의 마음을 찍습니다.

인연에 대한 단상

지금 저 앞에 철천지원수가 걸어오고 있습니다.
"에라 돌부리에 걸려 넘어져 버려라"
그러나 이미 내가 먼저 넘어져 버립니다.

그렇습니다.
내가 저 원수 넘어지란다고 넘어지지 않고
내가 먼저 넘어지는 이유는
내가 나쁜 마음을 쓰고자 하면 대우주의
나쁜 에너지들이 몰려와 나 먼저 넘어뜨리는
까닭입니다.

그러므로 우리는
좋은 생각
좋은 기분
좋은 마음을 쓰고자 해야
역시나 우주의 좋은 에너지들이 몰려와
너와 나 그리고 우리가 모두 잘되는 것입니다.

상생하는 삶!
만나는 모든 인연과
나를 살리고 너를 살리고
우리가 함께 서로를 살리는
소중한 상생의 인연으로 살아야 합니다.

오늘도 나는 개구리처럼

그 녀석은 언제나 내 눈앞에서
호기심 어린 눈빛과 몸짓으로
힘차게 뛰어오르곤 한다.

녹록지 않은 세파에 피멍이 들며
나도 한숨을 멈추었다가
더 멀리 뛰어오르기 위해 웅크린다.

올챙이 시절을 잊은 적 없으나
눈물이 고여 연못을 이루는
이 작은 못에서 이제는 벗어나고 싶다.

그 녀석이 무지개 연못을 꿈꾸듯이
나도 나의 하늘을 향해
내 마음속의 뒷다리에 힘껏 힘을 준다.
임을 보내며

아주버님 영전에

눈부시게 아름다운 4월에
고깔 염으로 단장하고
휘이휘이 황망하게 가신님이시여

육십이 년의 꿀벌 같은 삶
목이 긴 검은 장화와
얼룩진 목장갑 한 켤레만 남겨놓고

따라갈 수 없는 길을 가신님
온통 눈물뿐인 염불로
극락왕생을 기원하옵나니

부디 그곳에서는 아프지 말고
일만 하지 말고 영면에 드소서.

나무아미타불
나무아미타불
나무아미타불 관세음보살

이별

눈부시게 꽃비 내리던 날
손아귀에 챙챙 감아쥐었던 목숨줄을
한순간에 놓아버리고
한 마리 나비 되어 하늘로 날아갔습니다.

사랑하고 미워했던 손 모두 놓고
아름답고 슬펐던 시간을 두고
아무도 함께 가지 못할 곳으로
급히 떠나는 배를 타고 가버렸습니다.

오늘은 비가 내립니다.
당신께서 바삐 오가시던 길목에
하얀 민들레꽃이 유난히도 흔들리고
신발장 위 목장갑 한 켤레가 눈물 나게 합니다.

떨어져 누운 꽃잎 위를 걸으소서
푸르름에 자지러지는 숲으로 가소서
아픔도 잊고 일도 놓으시고
애끓는 인연마저 끊기는 피안으로 가소서.

오월의 노래

투명한 하늘가 눈 부신 햇살
꽃물든 날개옷 입고 사뿐히 왔다.

돌 틈사이 고개 내민 풀꽃에서
상큼하고 달콤한 향기가 난다.

사람의 마을에도 웃음꽃 피우고
잠시 고단한 마음은 몽땅 내려놓자.

엎치락뒤치락 고된 다툼 끝내고
이제는 나란히 손을 잡고 노래하며 걷자.

맑은 물 깊은 계곡은 아니라도
녹음들은 들녘으로 가볍게 나들이하자.

삶은 가꾸는 대로 이루어지고
내가 참 주인일 때 행복도 크게 오리라.

독도

망망대해에 깊이 뿌리를 내려
반만년 모진 바람에도 끄떡없이
피어서 지지 않는 꽃
그대를 생각하면 심장이 아프다.

자화상

아침 고요의 푸른 햇살이
보랏빛 너울지나 핏빛으로 일렁인다.

까닭 모를 서러움으로
날 선 칼날에 자신을 베던 청춘
흩어졌던 삶의 조각조각 엮어보니
오십 중반 아름다운 조각보가 되었다.

무엇을 꿈꾸었기에 그리도 바삐
앞만 보고 걸어왔는지 돌아보니 헐은 가슴에
덕지덕지 말라붙은 세월 속 상흔이 가득하네.

찌들었던 고뇌의 비늘 툭툭 털어내고
마저 이루어 내지 못한 꿈
자갈밭이나 새로이 일궈 씨를 뿌려보자.

이제는 하늘이 내려 고일 빗물이 없어도
내 안에 고인 샘물을 길어내어
다독이고 북돋우며 잘 길러 내야 할
내 삶의 잔잔한 노을을 그려보자꾸나.

흐르는 물소리 들리지 않아도
이미 나의 꽃밭에는 황금빛 씨앗이 영글고 있겠지.

숲의 주인공(소나무)

고요한 햇살 숲에 내리고
맑은 바람 귓가에 속삭인다.

명랑한 새소리는 툭툭
잎새마다 성가시게 굴건만

굴곡진 등허리에 덕지덕지
해묵은 비늘 조각의 딱 정이

오고가는 계절의 한 서린 옹이를
뚝뚝 떼어내는 애절한 울음

그대는 묵묵히
그저 하늘만 우러른다.

삶이 아픈 날

입안에 곰팡이가 피었나
텁텁한 향기가 난다

동굴처럼 깜깜한 가슴속에
파랑새가 사는지

그래도 뜨겁게 출렁이는
깊은 내면의 파도 소리

밥 한 끼 먹지 않아도
머릿속이 수정구슬처럼

내일이라는 산 너머에서
큰 용기라는 놈이 오고 있다.

그녀 은주

간혹 창문 가에서
허공에 떠 있는 너의 눈빛을 만난다

먼 하늘로 날아가는
철새의 가슴처럼 두근두근

금방이라도 주르륵 쏟아질 듯한
너의 고인 눈물과

길게 내 뿜는 탄식의 소리
무엇이 너를 가두고 있는 걸까?

어쩌다 툭 치는 날갯짓에
화들짝 피어나는 들국화를 닮았다.

기차여행

우리의 일상에서 잠시만
툭 털고 일어나 마음을 싣고
기차를 타면
참으로 즐겁습니다.

어떤 마음으로
기차를 타는가에 따라
전혀 다른 기분이 되는군요.

사업을 하러 가는 길이면
마음이 조급할 것이고
문상을 하러 가는 길이면
마음이 무거울 것이고
애인을 만나러 가는 길이면
짧은 거리도 멀게 느껴질 것입니다.

그냥 기차를 타고
닿아서 내리는 곳에
일상의 먼지 툭툭 털어놓고

홀가분하게
멀지 않은 곳이라도
누군가와 떠나보는 길은
설레고 즐거울 겁니다.

창밖으로 시선을 던져
스쳐가는 풍경에 마음을 놓고
그냥그냥 쉬어 보십시오

동행

당신과 인생이란 열차를 탔습니다.
행복이란 나라로 쉼 없이 달리다가
간이 역에서 잠시 멈추기도 합니다.

당신이 비상하고픈 푸르른 창공
내가 누리고 있는 끝없는 대지
우리에게 펼쳐진 시공은 끝이 없습니다.

한때는 지쳐서 추락할 듯
먹구름 사이를 위태롭게 견뎠고
부리는 무디어 먹이조차 쪼지 못했지만

한순간도 접어두지 않았던
우리의 마법 같은 맹세는
서로에 대한 믿음과 응원입니다.

삶이란 꽃밭은 가꾸는 대로
멋진 정원이 되기도 하고
잡초 무성히 쓸모없는 풀밭도 됩니다.

우리가 가야 할 길이
얼마나 더 험난할 지 모르나
서로의 가슴속에 담아둔 온기

이미 당신은 나의 하늘이요
나는 당신의 숨소리 되어
열정과 지혜의 둥우리에 안식할 것입니다.

노치원 이야기

매일 아침 노치원 미니버스가
집 앞으로 우리 어머니를 태우러 옵니다

언제나 일찍 일어나 세수하고 틀니 끼고
얼굴에 분 바르고 삐뚤어져도 눈썹 그리고
입술도 빨갛게 거울 앞에서 옷맵시를 보며

사탕 몇 알과 물티슈를 담은 작은 가방을
어깨에 메고 아가처럼 방실방실 웃으며
신나게 차를 타고 노치원 갑니다.

휴일을 지나서 월요일에는 시끌벅적
삼삼오오 둘러앉아 이야기꽃을 피운답니다

누구는 아파서 오늘 결석을 하였고
또 누구는 서울 병원에 약을 타러 갔고
누구는 어제 손녀를 시집보냈다고 합니다

이제 오십 중반의 별명이 천사인 친구는
날씨가 추워졌는데 얇은 옷을 그대로 입고와
춥다 춥다 한다고 한마디씩 흉을 봤답니다

배가 불룩한 홍준이 남자 친구는
한동안 병원에 입원했더니 건강이 나아져
오랜만에 나왔다며 우르르 몰려가 손을
잡아 주었답니다

어느 집 아들이 떡을 사 와서 맛나게 먹었고
엊그제는 세 명의 친구들 생일잔치를 했고
내일은 삼거리 공원으로 나들이 간답니다

노인 장기요양 등급을 받으시고
어린 시절에 다니지 못한 학교를 이제
팔십 한 살에 노치원 생이 되었습니다

노래하고 체조하고 그림도 그리고
봉사자들이 와서 마술도 보여주고
가수가 와서 노래도 부르고 춤도 추고
맛난 점심도 먹고 너무 즐겁답니다.

딸 같고 손녀 같은 노치원 직원들의
아이 다루듯 따듯한 보살핌과 정성에
어르신들은 매일 즐거운 놀이터입니다

일천구백 삼십구 년 토끼띠 울 엄마!
육남매 키우느라 고단했던 일생에서
이제는 목단꽃처럼 활짝 피어나셨습니다.

남편

자기편은 아니고
아내 편만 들어준다
그래서 이름이 남편이다

마음이 아프면
울음을 삼키고
웃음을 토하며 아내를 본다

어쩌다 당신은
자기편 없이 남편인가
그래 내가 무조건 자기편 해 줄게

결혼 기념일

당신을 처음 느끼던 그 날처럼
하얀 꽃 한 묶음 가슴에 안고
사뿐사뿐 걸어갑니다.

고운 눈빛 나누며
나직하게 부르는 행진곡
당신은 나의 숨소리라 했지요

이 세상 떠나는 날에
마지막 눈을 감겨주고
당신의 팔로 감싸 안으며

당신을 만나
참으로 행복하였다고
향기롭게 말해 줄게요

떨어진 단풍에 의미를 두다

가을 가을 한 분위기에
개념 없이 나를 흔드는 바람이야
훅~ 한 방에 보낼 수 있으나

코끝을 얼얼하게 뚫으며
개념 있는 나 자신을
마구 흔드는 바람에 속수무책이다

핑크빛 아련한 첫사랑이야
철없던 시절의 웃음 나는 얘기지만
세월로 물이 들어 눈부신 그대

오랜 시간이 흘러 옛일 같은
가물가물한 사랑이 아니라
지금 내 앞에 선명한 그대

한창때 가슴 에이며 스쳐 갔던
청춘의 통증처럼 아물지 않는 그대는
유리 파편 같은 아름다운 허물이다

만추(晩秋)

한 그루 나무는
푸르렀던 시간과 향기로 왔던 날들
알차게 영글어 행복했던 순간들은
거저 얻어지지 않는다는 것을 안다

가녀리게 피어난 생명으로부터
곧아지는 줄기에 나비처럼 나풀거리던
잎새와 불안하게 피우던 꽃의 향연을 지나
한 알의 사과를 얻기까지

꼼짝하지 못하고 버텨서
오로지 견뎌내며 상처마저 굳어
빛나는 영광이 될 즈음에서야
비로소 계절의 시간 값을 얻게 된다

이제 그 모든
아픔으로 이겨낸 세월과
다시 돌아올 계절을 기다리며
안으로 삭혀 갈 성숙의 나를 바라보자.

꿈은 우리 삶의 모든 것입니다

꿈은 에너지입니다.
아침마다 잠자리에서 벌떡 일어나
맑은 물로 세수하고
가장 멋진 옷을 차려입고
집 밖으로 나가서 푸른 하늘을 보는 일

꿈은 약속입니다.
반짝거리는 눈동자로 누군가와
어제오늘 그리고 내일에 대한
확신에 찬 이야기를 나누며
환한 얼굴에 미소를 머금는 일

꿈은 씨앗입니다.
사는 일에 때로는 심신이 지치고 아프더라도
마음속에 심어진 씨앗을 잊지 않고 살피노라면
어느 사이 잎 트고 꽃피고 열매 맺어 내 앞에
툭 떨어집니다.

꿈은 믿음입니다.
3차원을 사는 우리는
좌절하고 포기하려 하지만
4차원에서는 이미 심어진
씨앗의 싹이 터 잘 자라고 있답니다.
그것을 믿는다면 지금
우리가 꾸는 꿈은 반드시 이루어집니다.

가위바위보

넌 가위 내라 내가 보낼 게
눌어붙은 고뇌들 남김없이
잘라버리고 편안해지렴

넌 주먹 내라 내가 가위 낼 게
가슴을 치게 하는 고통일랑
팡팡 두들겨 부수고 가벼워지렴

넌 보 내라 내가 주먹 낼 게
숨통을 조이는 가슴팍 활짝
펼쳐서 한껏 자유로우렴

인생사 희로애락이 한껏
이 손아귀에 있는데 어찌
쥐락펴락 주인 되지 못하랴

제4부
인생이란 기차를 탔습니다

한순간도 떼어 놓지 못한
마법 같은 맹세는 믿음과 사랑이며
세상 어디쯤에서 생을 놓을지 모르지만
두 손 잡고 함께 가야 할 길은
당신과 나의 아름다운 선물입니다.

인생이란 기차를 탔습니다

당신과 함께 시작한 인생 여행
빠르게 달리는 세월의 창밖에는
지난날 삶의 풍경이 스쳐 갑니다

당신이 염원하는 푸른 하늘과
내가 꿈꾸는 향기로운 뜰에서
펼쳐질 시공은 끝이 없는데
점점이 멀어져가는
지친 삶의 부스러기가
철길 위에 침묵으로 나뒹굽니다.

한순간도 떼어 놓지 못한
마법 같은 맹세는 믿음과 사랑이며
세상 어디쯤에서 생을 놓을지 모르지만
두 손 잡고 함께 가야 할 길은
당신과 나의 아름다운 선물입니다.

날개

오늘은 당신 가슴에
황금빛 별을 달아 주고 싶다.

날마다 전쟁터 같은
삶터에서 지쳐 돌아오는
어스름한 저녁 가로등 아래
흔들리는 그림자를 본다.

터덜터덜 무거운 발걸음
무심코 쳐다보는 하늘에
깊어지는 한숨 소리
그대는 참으로 바보스럽다.

한바탕 어디 화풀이도 못 하고
꾸역꾸역 참아내는
삶의 무게로 갑옷을 걸친
그대의 굽은 등이 애처롭다.

삶을 꽃처럼 피워가는
아름다운 나의 길동무여
이미 하늘은 열렸으니
그대는 이제 눈부시게 비상하라.

화두 하나

여기
똥 한 무더기 있는데
온갖 파리들이
달려들어
맛나다고 파티를 연다

남은 것까지
날개 끝에 매달고

저들의 소굴가서
눈먼 애벌레에게 준다

사람은
제 속에서 내어놓고도
더럽다 피하더라

이 뭣고?

화두 둘

맑고 잔잔한
호수가 있었다.

그 속에
푸른 하늘이 있었고

흰 그름이
둥둥 떠다니고

주변에는
나무와 풀들이
바람에 흔들리는 풍경이
호수 속에 선명했었다.

누군가 갑자기
돌 하나를 던져 넣었다.

그 호수에 물결이 일었다.
아니 거친 파도가 쳤다.

그 물결 속에 분명
모든 것이 존재하는데
아무것도 보이지 않는다.

이 뭣고?!

내 마음을 그리다

삶이 아파 목이 메이는 날에는
오솔길을 따라 걷는다.

작은 호롱불 꽃을 피워
어둑한 내 마음을 밝혀주는 풀잎
꽃을 피우지 못한 큰 잎사귀는
양산이 되어 햇볕을 가려 주고

어디선가 들리는 청량한 물소리
얕게 흐르나 여린 듯 쉬지 않고
깊은 속내 감추고 우렁차게
내 마음속 때를 벗겨가듯 시원하다.

굽이굽이 인생사 계곡을 지나
가슴속 돌덩이 같은 한숨 푹
내려놓고 한가로이 걷는 길
너럭바위 하나에 쉼표를 찍는다.

축복 같은 오월

금방 세수한 아이의 얼굴처럼
해맑은 표정으로 다가왔다.

삼십 년이 넘어 갑자기 나타난
소녀적 첫사랑 같은 설렘이다.

봐도봐도 질리지 않고
옆에 있어도 보고픈 연인이다.

삶이 무척 아픔이어도
그대를 보고 있으면
금방 치유가 되는 어쩌면 내
어릴 적 배앓이 엄마 손이다.

익숙된 일상으로부터
하늘로 폴짝 뛰어오를 수 있는
그대는 온통 나의 기쁨이다.

아~!
오월이여 ~
누구나 그대 품 안에서는
수줍고도 당돌한 주인공이다.

오월 어느 날

푸른 물 뚝뚝 떨어지는
숲의 바람을 닮은 끝자락
한껏 그리운 마음을 펄럭이고
오월의 하늘에선 향기가 난다.

뭇 생명이 올리는 기도와
해맑은 아이들의 웃음소리는
큰 날개를 펼치고 수평선 너머로
희망의 노랑 메시지를 띄웠다.

사람의 마을에서는 모락모락
사랑의 연기를 피워 올리고
외로운 강아지 같은 친구는
은방울 소리 울리며 산책을 한다.

주르륵 눈물이 흐를 것 같은
설레고 두근거리는 오월
내 젊은 날의 초상화 같은 날
잘 영글기 위해 오늘도 숨을 쉰다.

당신

아침에 눈을 뜨면
창문으로 스며드는 햇살보다
알싸하게 다가오는 당신의 미소

못 견딜 그리움이다가
멀리 아주 멀리 쫓아 버리고픈
고양이 발톱 같은 당신
그래도 그냥 그곳에 서 있어주세요

정처 없이 걷다가 가던 길을 모를 때
문득 멈추어 서서 바라볼게요.

화려한 숲길을 걸을 때
잊은 듯이 무심하지만
또다시 돋아나는 당신의 향기

당신이란 이름은
잊어도 잊혀지지 않고
가슴에 멍 진 풀빛 상처입니다.

그 가을 첫사랑의 기억

스산하게 스치는 가을바람에
뜨거운 커피 한 잔을 마시는데
그 향이 폐부를 찌른 듯 너무 아픕니다.

당신이 꺾어 다 준 들꽃 한 줌
햇살이 뜨겁게 달구던 마루 끝에서
버려진 듯 시들어 가면서도
짙게 내뿜던 꽃향기가
내 심장 깊이에 파편처럼 박혔지요.

숨마저 멎을 듯 절실했던 그 가을이
이제는 세월 속으로 아득히 흘러갑니다.

제목 : 그 가을 첫사랑의 기억
시낭송 : 박남숙
스마트폰으로 QR 코드를 스캔하면
시낭송을 감상할 수 있습니다.

불면의 밤

까닭 없이 잠을 이루지 못하고
수천의 집을 지었다가 부수고
태산을 삽으로 떠다나 옮겼다.

머리끝서 발끝까지 한 관절씩
기운을 풀어 몇 차례 반복하며
복식 호흡으로 미동도 없이

별도 세어보고 양도 세어보고
백에서 영까지 거꾸로 수도세고
누가 잠 못 잘 땐 이러라고 했나

책을 베개로 삼아도 보고
우유 한 잔 따끈히 데워 마셔도
이 말똥거리는 눈망울은 어쩌랴

전신의 기운을 풀어 릴랙스(relax)
오후 늦게 마신 에스프레소 한잔이
의식만은 또렷이 우주를 헤매네

눈 감고 잠들어 꿈꾸지 못한다면
차라리 맑은 정신으로 오롯한
마음 모아 새해를 꿈꿔야겠다.

- 2018. 12월 어느 날

휴식

다만 지금은
한잔의 차(茶)를 마시며
고고한 학처럼
곧은 나뭇가지에 깃을 내리고
맨발로 꿈속을 거닌다.

얼마나 많은 시간의 흐름이
무엇을 향해 내닫는지
삶의 숨결에 돋는 가시
우리의 잠든 의식은
언제쯤 날개를 펴려는 걸까?

무심한 일상의 그림자는
너울너울 늘어지는데
하루 해거름 급히 거두어들인다.

거기 주문진은

찰랑거리는 유년의 바다가 있다
학교에서 돌아와 가방을 던져놓고
무작정 뛰어나가면 언제나
깨갈깨갈 웃으며 맞이해 주었다

생각이 많았던 소녀 시절에는
등대가 있는 언덕에 올라서서
가물거리는 수평선 너머 세계
미지의 땅에 꿈을 심어 키우기도 했다

흐릿한 하늘이 무겁게 내려앉는 날
가엾은 한 친구의 어머니는
산발한 머리카락 바람에 흐트러진 채
맨발로 바다로 걸어 들어가셨다

고기잡이 나갔던 아들과 지아비가
바다의 제물이 되어 돌아오지 못했고
그 친구의 어머니는 넋 놓아 지내다가
어느 날 그렇게 황망히 떠나가셨다

스물 몇 살쯤 타향에서 직장을 다닐 땐
그 너울거리던 파도 자락이 그리워
바람 부는 날 그곳을 향해 팔을 벌리고
하늘을 향해 소리를 질러 본다

끼룩거리는 갈매기 큰 날개 위로
눈부시게 쏟아져 내리는 태양 빛과
그곳 사람들의 살아 숨 쉬는 심장
비릿함에 설레는 부듯이

만선의 그물에서 펄떡거리다
비늘을 다 떨어내고서
축 늘어져 말라비틀어지던 생선들
그 구득한 것을 구워 먹던 기억

쏴~~~
아 ~~~
내 가슴속으로 부서져 오는
하얀 포말에 휘말려 함께 뒹굴어 본다

거기 주문진은 짭조름한
내 소싯적의 꿈과 희망과 사랑이
수많은 모래알처럼 흩어져 있어
죽어도 다 꿰어내지 못할 보물창고다

자화상

거울을 봅니다.
거울 속에서 수많은 나를 봅니다.

혼자 고요히 사색에 잠기기도 하고
많은 사람을 만나 열띤 토론 하고
길가의 작은 풀꽃을 좋아하기도 하고
깊은 계곡의 큰 소나무도 좋아합니다.

햇살 밝은 날 환하게 웃기도 하고
비 내리는 날 주저앉아 울기도 하고
많은 업무에 지쳐 쓰러지기도 하고
망중한으로 여유를 가지고 여행도 합니다.

오십 중반의 나이로 배우는 것을 좋아하고
아는 것을 가르치며 나누기도 좋아하고
어제보다는 오늘을 오늘보다는 내일을
준비하고 노력하는 멋진 모습도 있습니다.

내 삶의 거울 속에서 나를 보노라면
거친 세상 앞에 당당히 맞서기도 하고
스스로 부족함을 알고 늘 노력하며
참다운 나 자신을 완성해 가려고 노력합니다.

세월이 지나 내 뒤를 걸어오는 누군가가
나의 우직하고 묵묵한 삶의 발자취를
한 발짝씩 따라오며 이정표로 삼고
그대 삶의 거울을 다시 볼 수 있기를 바랍니다.

엄마와 접시꽃

언제나 이맘때 하늘 푸른 때
다홍치마 곱게 차려입고
누군가 그리운 이 만나려나
한껏 부푼 설렘으로 오는 그녀

슬쩍 지나가는 바람에도
크게 흔들리며 뒤로 물러섰다가
또다시 성큼 뜰 아래로 내려서서
눈부시게 함박웃음을 짓는다.

가녀리진 않으나 뭇 눈길을 끄는
아련한 너의 몸짓은 때로
내 어머니의 젊은 날 그 어여쁨을
새삼 떠올리게 하는 시간 속에

굵어지고 울퉁불퉁한 손가락으로
꽃잎을 만지는 당신의 마음
꿈도 사랑도 가득했을 그 계절
이제는 자꾸 놓이는 순간

그렇게 고왔던 시절도 있었다고
잊히어가는 팔순에 어렴풋이 떠올리는
당신의 소중하고 아름다운 추억을
나는 부채춤처럼 감상하고 있다.

제목 : 엄마와 접시꽃
시낭송 : 박영애
스마트폰으로 QR 코드를 스캔하면
시낭송을 감상할 수 있습니다.

망초꽃

무심히 지나치려 했는데
작은 얼굴 서운함 가득히
쳐다보는 그 모습
차마 차마 떨치지 못해
또 너를 만난다.

한 아름에 와락 너를 안고
눈을 감고 숨소리 들으면
내 심장이 후둑후둑 뛴다.

우울한 날에 너를 만나면
아홉 살 계집아이처럼
까르르 웃어
내 마음을 확 풀어헤친다.

삶

오늘도 나는
심장이 뜨겁게 펄떡거리고
단 5분도 같은 생각에 머물지 못하고 의식은
계속 꼬리를 물며 끝없는 우주로 뻗어간다.

그렇게 대부분 하루하루의 연속이다.
특별한 의미를 부여하는 행동 같은 것도
사실은 별거 아니다.
잠시 그 순간에 젖어 든 감상 같은 것.

그리고
갑자기 예고 없이 들어서게 되는 끝이 없을 것
같은 고난의 터널에 갇히기도 한다.

그러나
불안해하거나 슬퍼할 필요는 없다.
항상 시작이 있으면 끝이 있다.

그 길듯한 깜깜한 터널을 지나면
더욱 밝게 느껴지는 밝음!
그렇듯이 인생은 더 찬란해진다.

지금 이 순간 무언가 잘 풀리지 않아
깜깜한 어둠 같은 절망을 안고
터널 속에 갇혀 있다고 착각하는 이 있다면…

그 착각으로부터 벌떡 일어나
스스로 뚜벅뚜벅 그 터널로부터
걸어 나오시기 바랍니다.

눈부신 햇살은 바로
그대의 마음 안에서 빛나고 있음을
발견하시기 바랍니다.

하늘이 너무 이쁜 날 마음도 활짝 열립니다. 하하하~~~♬♩♪

채송화

어느 작은마을 어진 이의 집 앞
굽은 길모퉁이서 부르는
나직한 너의 노래는 눈물이 난다.

빗방울 통통 튀듯 경쾌한 목청
하늘 아래 구김 없이 해맑은 표정
바람 불면 더욱 낮은 휘파람 소리

가다가다 풀썩 주저앉아
이름도 없이 한세월 보내다가
또다시 끈질기게 일어서고

그렇듯이 까맣게 익은 너의 동공은
다시 어느 소박한 화단을 그리며
모진 땅에 뿌리내릴 소망으로 설레는가

깊이 잠들지도 못하는 요람을 찾아
마을과 마을을 헤매는 옹골찬 너
어쩌면 우리 사람의 삶을 닮았구나

단풍

어느 청춘의 절절한 사랑이었나
푸르디푸른 숲속에 아련한 자태

굽이쳐 흐르는 계곡물 소리에
입술 꼭꼭 깨물며 흐느끼더니

가슴 저린 한 조각 추억으로
오늘은 중년의 가슴에 불꽃이 되어

잊은 듯이 닫았던 세월을 열어
한순간을 뜨겁게 태우고 있다.

가을 아침에

아주 단출한 여행
그냥 투덕투덕 내딛는 발걸음
몽글몽글 올라오는 흙냄새가 좋다

우아한 실루엣으로
단풍 드는 숲을 그려가는
불투명 유리창 같은 안개

달짝지근하게 날려오는 꽃향기
뭐였더라?
아~ 노랗게 입술 내민 들국화구나!

이쯤에
그림처럼 아름다운
찻집 하나 있었으면 좋겠다

바위처럼 우둑한 감성
향 맑아 그윽하고 따듯한
꽃차 한 잔으로 녹을 수 있다면

햇살 같은 미소 소복이
경쾌하게 튕기는 피아노 소리를 담아
후덕한 주인이면 좋겠다

산다는 것이 때로는
억지스러움에 걸려 넘어지고
꾹꾹 눌러두어야 하는 기쁨도 있다

호젓한 길에 홀로 나서서
가볍고 편안하게 숨 쉴 수 있음이
너무나 자유롭고 홀가분하다

계절의 길목

여름의 막바지
아직 한낮 더위는 성한데
조석 바람은 까칠하다.

정신이 혼미하도록
펄펄 끓는 열탕의 터널을 지나
느티나무 아래 멍석을 깔아

먼 산 한 조각 베어내고
푸른 바다 한 자락 걷어다가
삶의 모퉁이 한편에 펼쳐

이고 진 보따리 내려놓고
누가 지어주지 않는
작은 보물 창고를 짓자

그 안에 가득한
내 영혼의 양식들
이만하면 풍족하지 아니한가?

선물 같은 가을

목덜미로 들어오는 바람이 좋다
귀가에 속닥거리는 햇살이
막바지 뜨거움을 토해 붓는다

향기로운 들꽃 달콤한 과일
잘 영글어 배부르게 하는 오곡
살아가는 일을 곰곰이 돌아본다

무심코 헤집어 보는 감정의 창고
꼭꼭 눌러 두었던 그리움이
일시에 와르르 쏟아져 나온다

가을이란 계절은 우리에게
참으로 많은 선물을 안겨준다

감사하는 마음과 나누는 넉넉함
그것이 세상사는 행복이라 느끼는 것은
우리의 멋진 한 몫이 아닐까?

오늘 하루도 행복한
내 인생의 주인공은 바로 나 자신임을
알게 하는 이 가을이 참 좋구나!

그녀는 수국을 닮았다 (친구 현수에게)

눈부시게 햇살이 내리는 암자
뜰 한편에서 바람이 일 적마다
보랏빛 치맛자락 슬쩍 걷어 올린다.

다시 잠잠해지는 바람결에
얼굴을 들어 하늘을 바라보는 그녀
긴 머리카락은 가녀린 어깨 위로 흐르고

소리 없이 손 모아 바라보는 눈빛
금방이라도 굴러내릴 듯
촉촉하게 맺힌 눈가의 이슬방울

웃음 지으면 꽃처럼 활짝 피었다가
가슴에 손을 얹으면 금방 시들어
떨어져 눕지도 못하고 가지 끝에서

감은 듯이 뜬 눈으로 부처님 전에
무슨 기도가 그리도 간절한지
그녀의 뒷모습에서 향내가 난다.

제목 : 그녀는 수국을 닮았다
시낭송 : 박남숙
스마트폰으로 QR 코드를 스캔하면
시낭송을 감상할 수 있습니다.

가을의 향기

코끝을 간지럽히다가
폐부 깊숙이로 스미는 향기

눈을 감고 깊이 들여 마시니
숨이 멎는다.
눈물이 흐른다.

첫사랑 같은 풋풋한 향기
잊혀졌던 소녀적
그리움이 왈칵 솟는다.

심장에 파편이 되어
너무나 깊이 박힌 그대의 향기

가을밤에 쓰는 편지

내 안의 나를 만나고 싶었습니다.

뜨겁기만 하던 마음이 조금씩 식어
맑은 시냇물처럼 흐르며
하늘을 닮아 깊어가는 사랑으로

우거지는 녹음 속에 온통 휩쓸려
취기 어린 흥분으로 후둑거리던 심장이
한 장씩 빛바래 가는 나뭇잎에 이는
바람처럼 잔잔해져 쉬어가기를

가을은 기다림이었습니다.

이른 봄부터 자기 본연의 빛과 형상을
오롯이 완성해 내려던 우주삼라만상의 꿈
그 기다림이 드디어 견디고 익어서
씨앗 속의 나무 한 그루로 다시 잠들기까지

사람들은 익숙된 듯이 무심하지만
자연의 이치는 얼마나 경이로운지 모르겠습니다.

그곳을 수없이 지나가면서도 무심히 스치고
그 존재마저 느끼지 못하였건만 지금 그
자리에는 완연한 색으로 물들어 있고
온전한 생명을 품은 위대함으로 우뚝 서서
제 몫을 살아내는 나무와 풀과 꽃을 봅니다.

보고픈 마음이 더 영글어 가고
사람으로 거듭남이 아름답습니다.

친정 엄마와 1박 2일 여행

팔십 년을 살고 있는 한 여자와
오십 년을 좀 넘게 살고 있는 또 한 여자가
준비도 없이 그냥 훌쩍 떠났었다.

고속도로 휴게소에 들를 적마다
서로의 팔을 잡아끌며 화장실엘 가고
삶은 옥수수와 군감자며 닮은 입맛으로
주전부리도 했고 깔깔거리며 수다도 떨고

순천 국가정원 꽃밭을 거닐었고
진안 마이산 탑사를 걸어서 가는데
다리를 절뚝거리는 팔십살 여자를
휠체어에 앉혀서 끙끙 밀어주며
편도로 세시간씩 좁은 승용차 안에서
서로의 체취를 맡으며 많은 이야길 했다

팔십 년을 살고 있는 여자도
오십 년 좀 넘게 살고 있는 여자와
다를 바 없이 푸른 하늘을 보며 좋다 했고
지저귀는 새소리에 즐거워했고
눈을 감고 바람 소리를 들으며 어디선가
풀 냄새가 난다고 끊임없이 수다를 떨며
친구 같은 시간을 보냈다.

그렇게 둘이 마주 보며 웃고 기대며
서로의 손을 잡아주고 등을 쓸어주며
산다는 것이 결코 만만치 않다
그러나 못 살아낼 만치 어려운 것도 아니다

여자의 이름이 아닌 사람이란 이름으로
그렇게 닮아가며 한세상 흐르듯이
몇 발짝 뒤에서 천천히 걸어가야 하겠지

그 전엔 왜 모르고 있었을까
엄마와 딸은 가슴 아픈 인연이 아니라
서로 헤아려주고 눈물을 닦아 주며
뜨겁게 안아주어야 하는 인연이라는 것을

한 사람은 외사랑으로 가슴에 멍이 들고
한 사람은 넘치는 사랑을 받으면서도
끊임없는 투정과 애증의 관계
그 알 수 없는 인연이 다가 아니라
여자의 일생을 살며 동무로 챙기며 함께
가야 하는 소중한 상생의 인연이라는 것을.

친정엄마와 함께한 1박 2일은
이제까지의 삶에서 너무나 근사한 선물이었다.

아버지의 손목시계

주선옥 시집

2020년 1월 6일 초판 1쇄
2020년 1월 10일 발행
지 은 이 : 주선옥
펴 낸 이 : 김락호
디자인 편집 : 이은희
기 획 : 시사랑음악사랑
연 락 처 : 1899-1341
홈페이지 주소 : www.poemmusic.net
E-Mail : poemarts@hanmail.net

정가 : 10,000원

ISBN : 979-11-6284-172-3